à Monsieur de Wailly

DE LA MUSIQUE

DES

ANCIENS GRECS,

par

M. VINCENT, Membre de l'Institut.

ARRAS,

Typog. d'Alphonse BRISSY, rue St-Jean-en-Ronville.

1854.

DE LA MUSIQUE

DES

ANCIENS GRECS.

DE LA MUSIQUE

DES

ANCIENS GRECS

DISCOURS

PRONONCÉ AU CONGRÈS SCIENTIFIQUE DE FRANCE,

(XXe SESSION TENUE A ARRAS)

Dans la Séance générale du 30 Août 1853,

par

M. VINCENT, Membre de l'Institut.

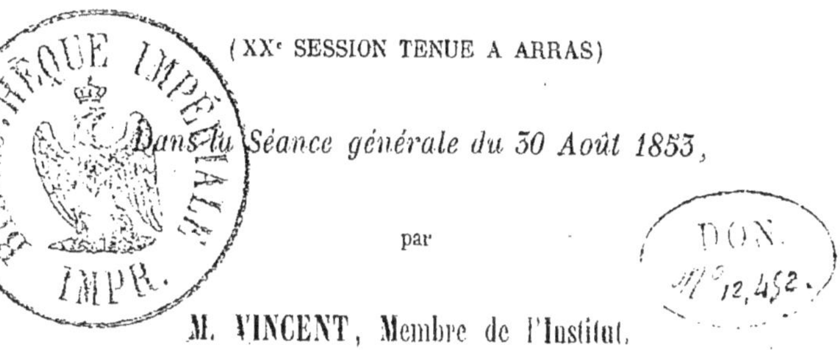
BIBLIOTHÈQUE IMPÉRIALE IMPR.

DON.
N° 12,452

ARRAS,

Typographie d'ALPHONSE BRISSY, rue St.-Jean-en-Ronville, 4.

1854.

CINQUIÈME SECTION.

LITTÉRATURE ET BEAUX-ARTS.

12ᵉ Question : *Exposer les principes de la musique des anciens Grecs, et les emprunts que lui ont faits le Plain-Chant et la Musique liturgique.*

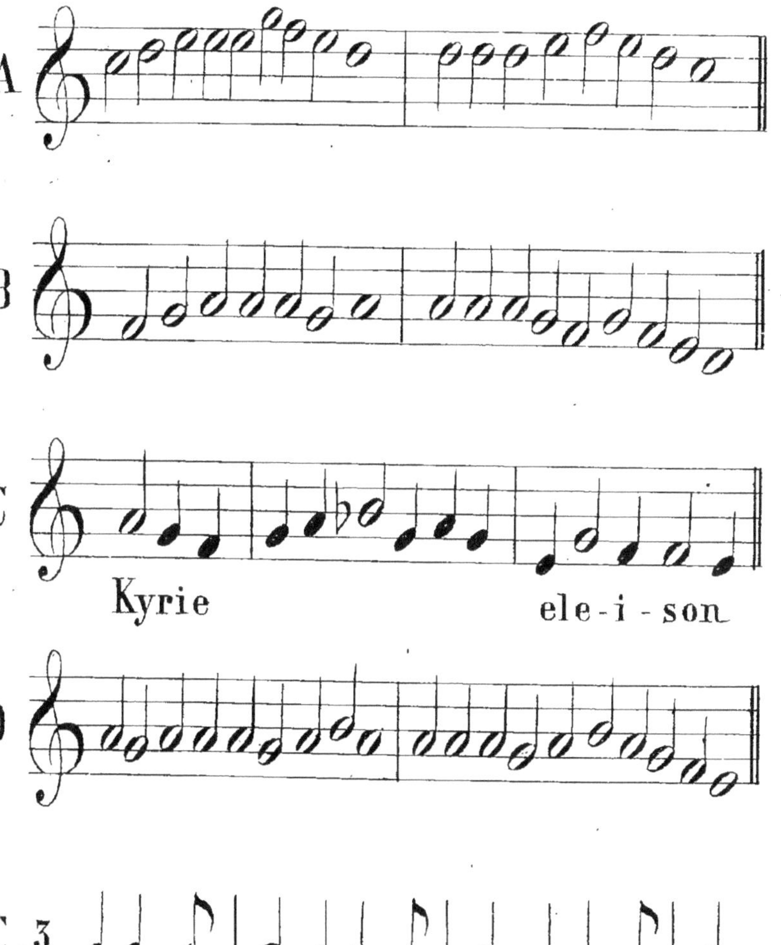

Pl. 1.

Musique & Chants cités dans l'ouvrage.

A
B
C
Kyrie
ele - i - son
D
E
3
2

Hémon [Ténor]
F
Antigone [Haute-Contre]
Créon [Baryton]
Le Chœur [Basses-tailles.]
G
Passio domini nostri Jesu Christi secundum Matthæum
H
Videntes autem discipuli indignati sunt di-cen-tes.

X. Ce signe, dans les figures K et L, indique l'élévation d'un quart de ton.

L

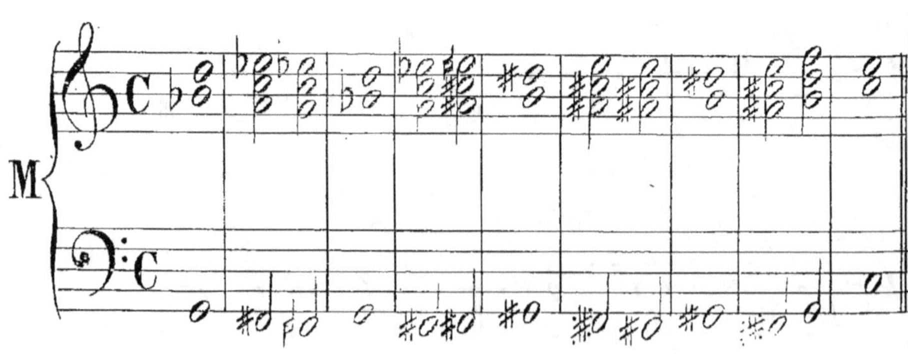

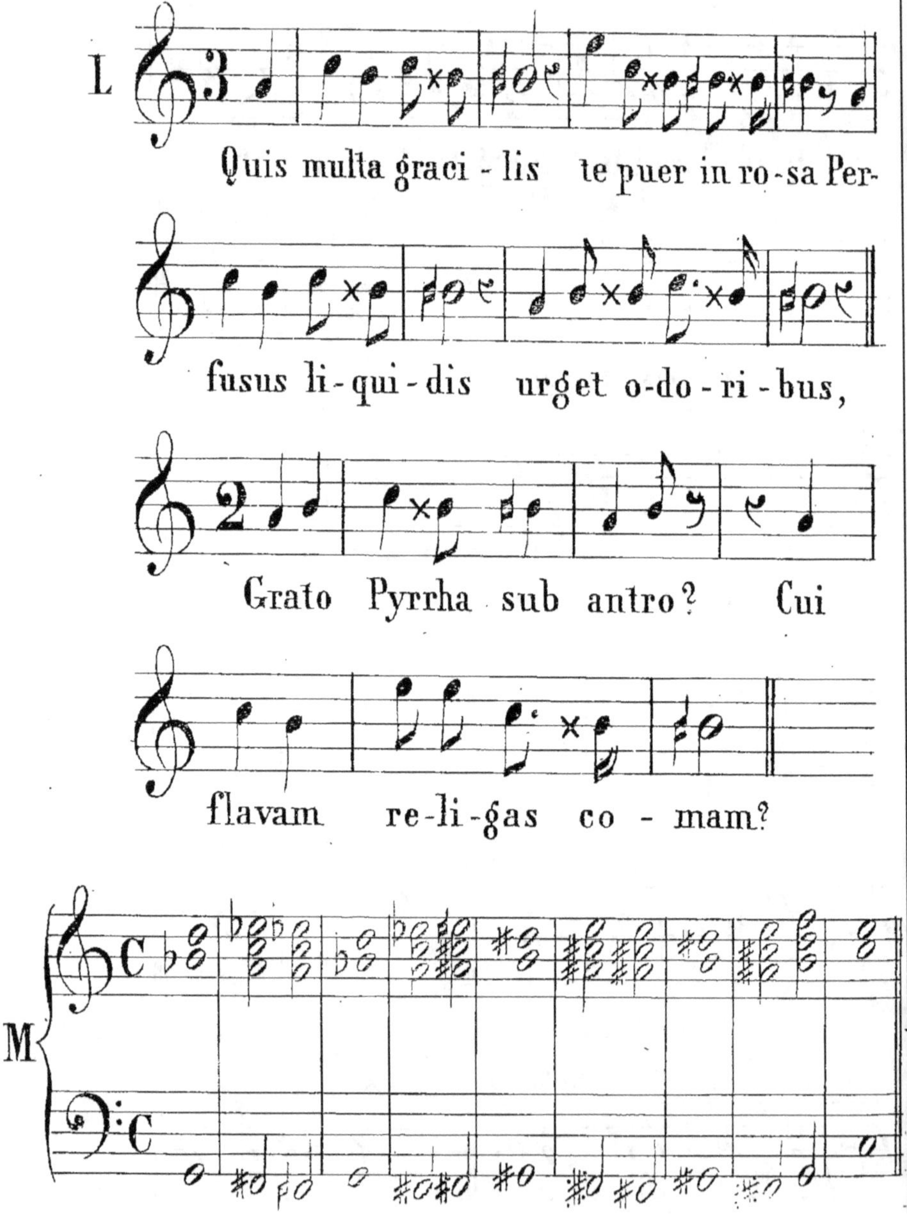

La couleur rouge indique une élévation d'un quart de ton.

DE LA MUSIQUE

DES

ANCIENS GRECS,

par M. VINCENT, Membre de l'Institut.

MESSIEURS,

Entreprendre de traiter, dans toute son étendue, la 12ᵉ question proposée par votre programme serait abuser du temps que vous pouvez m'accorder.

Je me hâte donc d'entrer en matière, et, sans autre préambule, je réduirai la question de la musique des anciens Grecs, à ces deux points : le *ton* et le *genre*. Je vais tâcher d'expliquer en quoi, sur ces deux points surtout, la musique des anciens grecs différait de la nôtre.

Le mot *ton*, comme le mot τονος chez les Grecs, a reçu plusieurs significations différentes ; mais par *tons* nous entendons ici ce que les philosophes et les musicographes grecs nomment *harmonies*, et que nous appelons, nous, des *modes*. Le mot *ton*, avec ce sens, est encore employé dans le chant ecclésiastique ; il y a *huit tons* dans les chants d'église, tandis que nous n'avons que *deux modes* : le *majeur* et le *mineur*. Ces tons ou ces modes dérivent des anciennes harmonies des Grecs ; dans le langage de Platon, d'Aristote, de Plutarque, d'Athénée, *harmonie* signifie la *manière d'accorder* l'instrument, ou, si l'on veut, la manière d'établir les rapports des intonations des divers degrés de l'échelle musicale. En deux mots, les *modes* sont les *espèces d'octave;* et l'on doit avoir grand soin de les distinguer des *tropes*, avec lesquels cependant on les confond souvent par erreur (1), bien que ceux-ci, consistant uniquement dans le degré d'acuité ou de gravité d'une même échelle, ne diffèrent en rien des tons de la musique moderne.

Je crois avoir démontré dans le recueil des *Notices et extraits des manuscrits de la Bibliothèque Impériale* (Tome xvie, 2^mc part., Note A, pages 73 et suivantes, et je rappellerai dans un instant mes principaux arguments), que le mode majeur doit être assimilé à l'harmonie phrygienne, et le mode mineur à l'harmonie dorienne. Outre ces deux harmonies, les Grecs, comme je vais l'expliquer, en reconnaissaient plusieurs autres dont les deux principales sont l'harmonie *lydienne*, harmonie essentiellement plaintive, qui avait pour cordes principales celles de la fausse quinte *fa, mi, ré, ut, si;* ou *si b, la, sol, fa, mi;* et l'harmonie mixolydienne, harmonie éminemment tragique, qui s'établissait sur les cordes *si* (bécarre), *la, sol, fa, mi.*

Je n'indique ici, comme on le voit, de part et d'autre, qu'un intervalle de quinte, parce qu'en effet les Grecs, plus sobres que nous dans l'emploi des moyens, réduisaient, dans la pratique, au plus petit nombre possible les cordes dont ils faisaient usage; la simplicité était à leurs yeux une qualité qu'ils prisaient si haut, qu'au rapport de Plutarque (*De musica*, chap. xviii), deux musiciens du plus grand génie, dont les compositions furent jugées dignes de servir de modèle à la postérité, mais qui laissèrent bien loin derrière eux tous leurs imitateurs, Olympe et Terpandre enfin, n'employaient presque jamais que *trois notes.*

(1) M. Meybaum, en latin Meïbomius (Antiquæ musicæ auctores septem, Amstel. Elzevir. 1652. 2 vol. in-4°), rendant le mot grec τρόπος par *modus*, a induit en erreur tous ceux qui ont voulu étudier la musique des grecs d'après sa traduction latine.

Et n'est-ce point, encore aujourd'hui, cette qualité qui nous émeut si profondément dans ces admirables chants dithyrambiques de la *préface de la messe* et de l'*oraison dominicale*, lesquels pourtant roulent presque exclusivement sur trois notes, c'est-à-dire sur les cordes caractéristiques du mode dorien et sur celles du mode phrygien, comme je l'expliquerai dans un instant.

Quoi qu'il en soit, nous savons par un passage d'Athénée (liv. IV, à la fin), que c'était sur le mode phrygien que sonnaient les trompettes et les autres instruments de guerre : c'est là une des nombreuses raisons qui démontrent que l'harmonie phrygienne est identique à notre mode majeur, puisque les colonnes d'air vibrant à plein tuyau dans les tubes qui ne sont armés ni de clefs ni de pistons, ne peuvent donner que les harmoniques du son fondamental, ce qui conduit nécessairement et exclusivement au mode majeur de la musique moderne.

Ayant ainsi déterminé la place de l'harmonie phrygienne dans l'échelle musicale, et connaissant d'ailleurs la loi d'après laquelle les diverses harmonies sont échelonnées entre elles, il est facile, étant données les cordes du mode phrygien, d'en déduire les cordes des autres modes, en procédant pour cela par degrés conjoints.

Nous trouvons, Messieurs, un *criterium* de l'exactitude de notre théorie, dans la comparaison que nous pouvons et que nous allons faire entre les caractères attribués par les anciens à leurs modes ou harmonies, et ceux que présentent les tons du plain-chant, restes vénérables de la musique antique, dont on ne saurait élever assez haut la valeur, en ne les considérant même que sous les rapports purement scientifiques et historiques.

L'harmonie phrygienne, avons-nous dit, était essentiellement guerrière, et elle correspondait à notre mode majeur.

Aussi, d'après Aristote (polit. VIII, 7), était-elle éminemment propre à produire l'enthousiasme, à exciter les passions, le courage, la fureur même. Suivant Platon (Rép. III, traduct.

de Burette dans sa note CII sur Plutarque), « elle imite la voix
» et les accents de ceux qui marchent au combat, qui affrontent
» sans crainte les périls des blessures, de la mort et de toute
» autre calamité, et qui soutiennent constamment les plus
» violents assauts de la fortune ».

Nous attribuons cette harmonie, dit dans son rituel inédit
(MS. suppl. de la bibl. imp^le, n° 66, fol. 48), *Gémistus
Pléthon*, l'un des Grecs les plus savants de la renaissance,
« nous attribuons cette harmonie aux dieux de l'Olympe, parce
» qu'elle est propre à peindre l'admiration pour les grandes
» choses ».

Voici, pour vérification, un chant d'église établi sur ce
mode. (Voyez pl., lettre A.)

Passons à l'harmonie dorienne : « Elle représente l'homme,
» dit Platon (l. cité, trad. du même Burette), dans un état de
» tranquillité qui s'emploie volontairement à persuader et à
» instruire les autres, qui adresse à la Divinité des prières et
» des vœux, ou qui se rend lui-même accessible aux supplica-
» tions, se laisse dissuader, et qui, ayant obtenu ce qu'il
» souhaite, n'en est pas plus fier, mais sait jouir de sa fortune,
» quelle qu'elle puisse être, avec modestie, avec tempérance et
» avec fermeté ». Le même philosophe, Platon, va plus loin
encore dans le Lachès : car là il proclame le mode dorien
comme « le seul véritablement grec ».

Ecoutons encore Aristote (Polit. VIII, 7) : « Tout le monde,
dit-il, s'accorde sur le caractère grave et viril du mode dorien; »
puis Héraclide de Pont, dans Athénée (liv. XIV, pag. 624) :
« L'harmonie dorienne présente un caractère mâle et grandiose,
» propre à réprimer le penchant au désordre et le goût des
» plaisirs; en repoussant le brillant et l'éclat, elle a quelque
» chose d'austère et de grave, etc. » Pindare (1), Aristoxène (2),

(1) Schol. sur la 1re olymp. v. 25.
(2) Dans Plutarque, *De musica*, chap. XVII.

Proclus (1), Plutarque (2), Apulée (3), Lucien (4), rendent également justice au caractère majestueux du mode dorien.

Galien raconte à ce sujet (de Hipp. et Plat. Dogm. ix, 5), que Damon, le musicien, se trouvant avec une joueuse de flûte qui, en exécutant sur le mode phrygien, faisait faire des extravagances à quelques jeunes gens pris de vin, lui ordonna de jouer sur le mode dorien, et qu'aussitôt les folies cessèrent.

Saint Bazile (προς τους νεους) raconte, d'après Fabius Quintilien, une anecdote à peu près semblable qu'il attribue à Pythagore.

Voici encore comment s'exprime le rituel de Gémistus-Pléthon, au sujet de l'harmonie dorienne qu'il juge supérieure à la phrygienne :

« Nous attribuons, dit-il, cette harmonie à Jupiter roi et aux
» autres dieux, à cause de son caractère de grandeur, et parce
» qu'il n'en est aucune qui convienne mieux à l'expression des
» sentiments nobles, généreux et braves ».

On trouve de fréquents exemples de ce mode dans les chants d'église. En voici un exemple (5) : (Voyez pl. lettre B.)

Quant à l'harmonie lydienne, nous avons déjà eu l'occasion de dire que les anciens lui attribuaient un caractère *mou* et *relâché*. Plutarque la considère comme propre à peindre et à exciter la tristesse et les lamentations.

On en trouve cet exemple dans les *Litanies des Rogations :* (Voyez pl. lettre C.)

Enfin, l'harmonie mixolydienne se distingue par son caractère essentiellement pathétique :

« Cette harmonie, dit Pléthon, est attribuée aux hommes et

(1) Schol. sur Platon. Ruhnk., pag. 15; et Boëckh, *De metris Pindari*, pag. 239.
(2) Lieu cité, ch. xvi et xvii.
(3) Florides, I. — Lisez dans le texte *Iastium* au lieu de *Asium,* *bellicosum* au lieu de *religiosum* et vice versa.
(4) Harmonide.
(5) Premier mode.

» à la divinité qui préside aux destinées humaines, parce
» qu'elle est propre à peindre les combats de notre nature sans
» cesse glissante et chancelante, et toutes les vicissitudes et les
» embarras de la vie ».

En voici un exemple (1) : (Voyez pl. lettre D.)

Observons sur ce mode mixolydien, que, d'après Aristote, il
était employé surtout dans la tragédie, et qu'il y était presque
exclusivement affecté au chœur, par cette raison entre autres,
qu'il était le plus grave de tous, et que « les sons graves, dit
» cet auteur (probl. 49 du § xv), sont ceux qui s'accordent le
» mieux avec les sentiments doux et paisibles ». Au contraire,
les modes les plus aigus du système étaient exclus des chœurs,
« parce qu'ils sont, dit le même auteur (probl. 48), éminem-
» ment propres à l'action; or, les personnages sont les héros;
» c'est à eux qu'appartient l'énergie, l'enthousiasme, tandis que
» le chœur, c'est le peuple, être essentiellement faible et
» passif (2) ».

Quoi qu'il en soit, les résultats précédents nous expliquent,
pour le dire en passant, comment, ainsi que le dit Horace (Ep. IX,
v. 5), on pouvait, sans choquer l'oreille et sans blesser le senti-
ment de la tonalité, chanter sur un ton et s'accompagner sur un
autre.

(1) Quatrième mode.

(2) Quelques auditeurs ont paru croire que sur la question des tons
ou modes de l'église, je me trouvais en contradiction avec M. le
Grand-Chantre. Cela n'est pas et ne peut pas être. D'ailleurs, je
répéterai à cette occasion, et je répéterai bien haut, une déclaration
que j'ai déjà faite : c'est qu'en venant visiter un diocèse gouverné par
le savant et vénérable auteur de la lettre pastorale sur le chant
ecclésiastique (Langres, 1846), un diocèse où la musique liturgique
est vivifiée par un artiste d'autant de savoir et de goût que M. l'abbé
Planque, où sa théorie et son histoire sont éclairées des savantes re-
cherches de M. l'abbé Cloët, en me rendant, dis-je, au Congrès
scientifique d'Arras, pour y traiter la *première* partie de la douzième
question, j'ai annoncé formellement que sur la *seconde* partie, je ne
venais pas pour donner des leçons, mais pour en prendre.

> Sonante mixtum tibiis carmen lyra,
> Hac Dorium, illis Barbarum.

Ils nous expliquent encore comment, suivant Aristote, les divers interlocuteurs du drame pouvaient dialoguer en suivant une mélodie différente et un mode propre à chacun, comme nous le voyons pratiquer encore à l'Église dans cet admirable chant de la Passion, inappréciable reflet de la tragédie antique.

Ainsi, pour fixer les idées sur ce point, et faire mieux comprendre ma pensée, je prends cette phrase très-simple qui reproduit le rhythme du vers iambique trimètre, du vers de la déclamation tragique. (Voyez pl. lettre E.)

Voulez-vous voir, Messieurs, sur cette phrase si élémentaire, ce qu'un simple changement de ton ou d'harmonie peut prêter de force et de variété à l'expression dramatique. Imaginons une scène tragique entre trois personnages; que ce soit, par exemple, Hémon, Antigone, Créon, dialoguant entre eux, puis le chœur leur répondant. Je demande s'il n'est pas vrai qu'au ton de la phrase, on pourrait reconnaître chacun des personnages, tout aussi bien qu'on le ferait aux traits de son masque. (Voyez pl. lettre F.)

Ne distinguez-vous pas ici, tour à tour, la passion calme et concentrée de l'amant, la douce et pieuse résignation d'Antigone, l'inflexible sévérité du père, et enfin l'exclamation lamentable du chœur venant s'interposer dans le dialogue. Or, si une seule et même phrase musicale, transportée ainsi dans différents modes, présente cependant une telle variété d'expression, une telle richesse pour peindre à la fois d'une couleur propre à chacun, les sentiments (l'ἦθος) des divers personnages, vous êtes à même de juger, Messieurs, comment, malgré cette apparente monotonie, le poète, tout en *conservant à chacun son propre caractère*, en conservant, dis-je, à la mélopée de chacun son invariable unité, comme il conservait aux traits de son masque l'invariable empreinte de son impassible passion, pouvait néanmoins, par cette abondante simplicité de moyens, parvenir à frapper les âmes d'une indicible terreur, ou les briser sous les étreintes d'une déchirante pitié.

Ce n'est pas tout, Messieurs : je vous ai dit que le chant sacré de *La Passion* offrait une réminiscence de la mélopée tragique des Grecs ; examinons en effet comment se compose la musique de ce drame lugubre.

Nous remarquons d'abord trois ou quatre formules (toutes écrites sur le même trope), appropriées à chacun des personnages.

Le mode phrygien grave sert d'introduction à cette terrible épopée de la Passion du Sauveur, et domine toute la composition. (Voyez pl. lettre G.)

L'Évangéliste parle-t-il en son nom pour annoncer la parole du Christ, une tierce mineure, donnant un instant la sensation du mode dorien, vient tempérer la sévérité du phrygien. (Voyez pl. lettre H.)

Jésus parle-t-il ? La douceur dont sa parole est empreinte se reconnaîtrait à la quinte diminuée, caractéristique du mode lydien, sur laquelle se fait une chute momentanée ; mais le discours se relève aussitôt avec dignité pour finir sur le mode phrygien. (Voyez pl. lettre I.)

Enfin les Juifs viennent-ils pour le couvrir d'invectives et réclamer sa mort, le phrygien sur-aigu sert à l'expression de leur fureur. (Voyez pl. lettre J.)

Arrêtons-nous un instant ; et, après avoir parlé des *modes* ou *harmonies*, parlons maintenant des *genres*. C'est surtout ici, Messieurs, que le sujet réclame et mérite, je crois, toute votre attention.

Je prends pour base cette suite de notes descendantes :

MI RÉ UT SI LA SOL FA MI.

Cette suite peut être analysée ainsi : deux tétracordes formant chacun l'intervalle que nous nommons *quarte* :

1er Tétracorde : MI RÉ UT SI,
2e Tétracorde : LA SOL FA MI (1) ;

composés chacun de deux tons à l'aigu et un demi-ton au grave, séparés ou disjoints par un *ton* : SI-LA.

Or, les notes extrêmes de chaque tétracorde (MI-SI, LA-MI), restent fixes ou *stables* εστωτες, tout aussi bien dans le système ancien que dans le système moderne. Quant aux notes intermédiaires ou mobiles, κινουμεναι, de chaque tétracorde (RÉ-UT, SOL-FA), tandis que, dans les principes de la musique moderne européenne, les intervalles partiels déterminés par ces notes moyennes, et composant l'intervalle total des deux notes extrêmes ou stables, sont constamment les mêmes pour le même ton et le même mode; au contraire, dans les principes de la musique des Grecs, les notes moyennes pouvaient, en se portant au grave, le ton et le mode restant les mêmes, prendre une infinité d'intonations diverses, jusqu'à ne différer plus entre elles et de la note grave (SI ou MI), que d'un intervalle de quart de ton. La constitution du tétracorde résultant de chacune de ces variations établissait ce que l'on nommait un *genre*. Il y avait trois principaux genres : 1° le genre *diatonique*, le plus *dur* ou le plus *tendu* de tous, συντονον, c'est-à-dire, dans lequel les notes variables sont le plus aiguës possible ; c'est celui que nous pratiquons exclusivement aujourd'hui et que j'ai pris pour point de départ; 2° le genre *enharmonique*, le plus *mou* de tous ou le plus *relâché*, μαλακον, c'est-à-dire, dans lequel les notes variables sont le moins aiguës, et par suite celui qui emploie les deux quarts de ton au grave du tétracorde, comme je l'ai indiqué plus haut. L'intervalle restant à l'aigu, équivalant à notre tierce majeure, se nommait διτονον, c'est-à-dire, *double ton*, parce qu'en effet sa valeur était de deux tons ;

(1) En baissant le *si* d'un demi ton, on a un nouveau tétracorde, *ré, ut, si* bémol, *la*, conjoint du précèdent, *à l'aigu* de celui-ci, par le moyen de la note commune *la*.

mais il restait indécomposé, ασυνθετον. Quant aux trois cordes graves présentant ce système de deux quarts de ton successifs, leur ensemble forme ce que les Grecs nommaient le πυκνον, c'est-à-dire, le *groupe serré*.

Entre les deux genres limites que nous venons de considérer, il y avait, comme il résulte de ce qui précède, une *infinité* d'autres genres. Le principal d'entr'eux, nommé *chromatique*, parce qu'il servait, disent certains auteurs (1), à colorer les deux autres genres, différait de l'enharmonique en ce que le πυκνον ou *groupe serré*, formé par les cordes graves, était composé de deux demi-tons au lieu de deux quarts de ton; quant au διτονον restant du genre enharmonique, il était remplacé par un τριημιτονιον ou *triple demi-ton* équivalant à notre tierce mineure; mais il était également indécomposé.

Les anciens avaient reconnu que les tensions des deux cordes moyennes de chaque tétracorde ont une extrême influence sur le *caractère moral* ηθος du genre qu'elles déterminent, c'est-à-dire, sur l'impression qu'elles produisent dans l'âme, sur l'affection qu'elles expriment ou la passion qu'elles peuvent exciter. Les genres les plus *mous*, c'est-à-dire, qui portent le plus à la tristesse, sont ceux, nous l'avons déjà dit, dans lesquels *l'intervalle aigu* du trétracorde est le *plus grand*; les plus *durs*, au contraire, sont ceux dans lesquels cet intervalle est le *plus petit*.

Les genres les plus mous, dit Ptolémée (i. xii, p. 30), *resserrent l'âme et l'énervent; les plus durs la dilatent et l'excitent.* Tel est, à notre avis, le grand secret de la musique des Grecs, dans ce que les prodigieux effets que l'on nous en raconte peuvent avoir de réel.

Voici, Messieurs, les preuves de nos assertions. Nous allons faire entendre la composition du tétracorde grec, dans les trois genres diatonique, chromatique, enharmonique, à la suite l'un

(1) Sans doute à tort, car il résulte d'un passage de Plutarque *(De Musica, cap. 20)*, que le genre chromatique est plus ancien que l'enharmonique.

de l'autre, en les séparant, ou plutôt en les reliant par quelques notes communes destinées à leur servir de transition. Veuillez observer comment le caractère de la mélodie, d'abord au plus haut degré *diastaltique*, comme disent les Grecs, c'est-à-dire, *dilatante*, *excitante*, se resserre graduellement jusqu'à devenir au plus haut point *systaltique*, c'est-à-dire, *comprimante*, *resserrante* ou *énervante*, capable en un mot, de *serrer le cœur* (telle est, en effet, la force de l'expression grecque), au lieu d'être, comme dans le premier cas, propre à *l'épanouir*. (Voyez pl. lettre K.)

Le peu de fragments de musique ancienne que le temps nous a conservés, sont tous écrits dans le genre diatonique ;(1) nous pouvons d'ailleurs, jusqu'à un certain point, nous faire une idée du genre chromatique, puisqu'en définitive toutes les cordes dont il fait usage appartiennent à notre système. Mais il n'en est pas de même du genre enharmonique, dont certaines cordes, étrangères aux habitudes de notre oreille, auront besoin d'être entendues plusieurs fois, expérimentées, pendant un certain temps, pour acquérir parmi nous, si l'on peut parler ainsi, leur droit de cité. C'est pourquoi je vous demanderai la permission, Messieurs, de vous faire entendre un chant enharmonique que je suppose de nature à être appliqué à une ode d'Horace, l'une de celles où le poète veut peindre les sentiments qu'exprime si bien le genre enharmonique, surtout si on l'adapte au mode lydien.

Ne pouvant la chanter, je vais en lire la première strophe en la scandant, non à la manière ordinaire, mais d'après les principes que j'ai exposés dans le recueil des *Notices*, ainsi que dans mon *Analyse du Traité de Musique de St.-Augustin*, en les scandant, dis-je, d'après les principes, non de la simple *métrique*, mais de la *rhythmique*; c'est-à-dire, qu'en prenant la durée de la syllabe brève pour unité, j'admets des longues de

(1) Ceci ne s'applique point à la musique du moyen-âge. Depuis le Congrès, j'ai retrouvé l'emploi du quart de ton dans le célèbre manuscrit *Digrapte* de Montpellier. (Bibl. Imp^le suppl. Latin. n° 1307),

deux et de *trois* temps, et certains *temps vides*, ou *silences*, aux places convenables, suivant les principes de la rhythmique des anciens et notamment les règles posées par Aristide Quintilien (p. 32 et 33), le Scholiaste d'Héphestion (p. 150, ed. Gaisf), Denys d'Halicarnasse (de l'arrangement des mots, § xi et xv), Fabius Quintilien (ix,4), et surtout St.-Augustin dans son précieux traité *De la musique*, que je viens de citer.

J'espère toutefois, en employant ce vieux procédé, ne pas trop blesser l'oreille des personnnes le plus habituées à apprécier les beautés de la poésie lyrique des anciens uniquement d'après la métrique des scholiastes.

Je vais donc, comme je viens de le dire, scander la première strophe de l'ode cinquième du premier livre d'Horace, *Ad Pyrrham*, puis je ferai entendre l'air que j'ai essayé d'y appliquer. (Voyez pl. lettre L.)

L'invention du genre enharmonique que vous venez d'entendre, Messieurs, est due, suivant Aristoxène, à un personnage nommé Olympe, disciple de Marsyas fils d'Hyagnis. Quant à ce dernier, il se trouve mentionné à l'année 1242 de la chronique de Paros, c'est-à-dire, 1506 avant la venue de J.-C. Plutarque décrit avec détail le procédé par lequel Olympe parvint à l'invention du genre enharmonique, genre entièrement inconnu avant lui.

Je ne rapporterai point ici le récit de Plutarque; je me borne à citer sa conclusion : « En un mot, dit cet auteur, il paraît » qu'Olympe fit des augmentations dans la musique, et y introduisit quelque chose de nouveau et d'inconnu à ceux qui » l'avaient précédé. En sorte que l'on doit le regarder comme » le maître de la belle musique chez les Grecs. »

Quoi qu'il en soit, moins de vingt siècles après Olympe, le genre enharmonique était entièrement tombé en désuétude, et voici à cette occasion un curieux passage que Photius (p. 1051 de l'éd. de 1653) a extrait de Damascius. Ce dernier auteur raconte que « le philosophe Asclépiodote, son maître, et dis-

» ciple de Proclus, quoique très-heureusement né pour la mu-
» sique, ne fut cependant pas capable de sauver le genre enhar-
» monique alors perdu ; il eut beau subdiviser et rapetisser les
» intervalles, il ne put parvenir à trouver le genre enharmo-
» nique, quoiqu'il eût déplacé et changé une multitude de che-
» valets. La cause de son manque de succès, continue l'auteur,
» fut la petitesse excessive de l'intervalle enharmonique nommé
» diésis (c'est-à-dire du quart de ton). C'est cet intervalle qui,
» perdu pour notre oreille, a entraîné la perte du genre enhar-
» monique lui-même. » Ainsi parle Photius. Mais, Messieurs,
ce que la science ne pouvait faire à l'époque où vivait Asclépiodote, elle peut le faire aujourd'hui que l'on est parvenu à me-
surer jusqu'à un millième de ton. Depuis longtemps déjà j'ai fait
construire un instrument sur lequel on peut réaliser, non-
seulement le genre enharmonique, mais tous les genres de la
musique des Grecs, avec toutes leurs variétés désignées en
général par un mot, $\chi\rho o\alpha$, qui signifie *couleur*. Cet instrument
d'ailleurs n'est pas nouveau : il n'est en réalité qu'un perfec-
tionnement, sous le rapport mécanique, de celui que Ptolémée
décrit au livre II, chap. 2, de ses *Harmoniques* (Wallis. Opp.,
tom. III, p. 51), et auquel il donne le nom d'*Hélicon*, « en
» mémoire, dit Porphyre dans son commentaire (page 333), de
» la montagne où, suivant la fable, le chœur des muses a fixé
» son séjour. » On n'a fait, en quelque sorte, qu'y ajouter des
chevalets mobiles ou *curseurs*, qui peuvent se placer, avec la
plus grande facilité, à un point quelconque de chaque corde,
point marqué par le calcul, conformément aux longueurs qui
constituent le genre que l'on veut produire.

Mais je n'ai voulu qu'indiquer ici cette description qui a déjà
été publiée plusieurs fois, pour servir en quelque sorte de
transition à cet autre instrument que je vous ai fait entendre et
qui est entièrement divisé par quarts de ton.

Il se compose en effet de deux claviers dont chacun en par-
ticulier ressemble aux claviers ordinaires; mais les touches de
chacun divisent en deux parties égales l'intervalle compris

entre deux touches successives de l'autre. Or, il va vous être démontré par le fait, que l'on peut, par des transitions artistement ménagées, passer d'un clavier à l'autre, et même toucher les deux claviers à la fois. Maintenant, cette expérience supposée admise, il résulte de l'existence d'un semblable instrument et de la possibilité d'en faire un emploi que l'oreille ne repousse pas, il en résulte, dis-je, le droit évident de poser les conclusions suivantes, susceptibles elles-mêmes d'une foule de corollaires.

1° *Les échelles musicales désignées sous le nom de gammes n'ont nullement pour fondement et pour principe les sons harmoniques produits par la résonnance d'un corps sonore quelconque.* J'ajoute que les consonnances d'octave, de quarte, et de quinte, sont les seules dont on retrouve ici l'existence comme nécessaire, et qui paraissent former l'unique fondement réel et essentiel des divers systèmes de musique. La tierce même, dont nous ne reconnaissons que deux espèces, majeure et mineure, pouvait avoir, suivant les Grecs, une infinité de valeurs différentes.

2° *La résolution d'un accord dont les sons élémentaires appartiennent à une échelle musicale donnée* (en prenant ici le mot échelle dans le sens vulgaire), *peut se faire sur un accord dont les sons élémentaires n'ont absolument rien de commun avec l'échelle des premiers.*

Il y a une infinité de manières de justifier cette conclusion par des exemples.

Pour n'en citer qu'un, prenons, sur un quelconque des deux claviers, un accord de septième diminuée ; faisons descendre la basse d'un quart de ton, et monter les notes aiguës d'un quart de ton ; les parties forment alors un accord de septième de dominante sur le second clavier ; il n'y a qu'à résoudre le dernier accord sur ce même clavier. (Voyez pl. lettre M.)

Je me borne à cet exemple ; on en trouvera une infinité d'autres que je formulerai d'une manière générale en disant que toute marche harmonique qui procède par demi-tons dans le système ordinaire, pourra ordinairement donner lieu à une marche harmonique correspondante procédant par quarts de ton.

Une objection pourrait se rencontrer parfois dans la bouche de quelques personnes qui n'auraient pas suffisamment réfléchi à la nature du sujet: que telle succession, par exemple, n'est pas admise par les harmonistes. Or, on comprendra, sur-le-champ, la nullité d'une pareille objection, en observant que s'astreindre à suivre les règles posées par les harmonistes, ce serait par là même s'interdire l'usage du quart de ton, ce qui est contradictoire. Pour un art nouveau, il faut des lois nouvelles.

La seule règle invariable, la règle des règles écrites, est de satisfaire l'oreille : cette condition remplie, le problème est résolu ; que les harmonistes fassent ici ce qu'ils ont toujours fait, c'est-à-dire qu'ils consultent l'oreille ; et alors ils pourront écrire un nouveau chapitre intitulé : *Règles particulières au système enharmonique.*

3° *On peut, par la simple distinction des genres admis par les Grecs, imprimer des modifications profondes, et aujourd'hui méconnues, au caractère moral de la musique.*

Aussi, Messieurs, je ne crains pas de le dire, la musique est un véritable levier moral, mais dont la puissance est aujourd'hui, malheureusement, en partie oubliée. Et comment toutefois pourrait-on douter de son efficacité, lorsque dans cent endroits divers de ses immortels ouvrages, on voit le divin Platon, suivi en cela par son disciple et si souvent son contradicteur, Aristote, suivi, dis-je, par Aristote, Plutarque, Aristide Quintilien, Maxime de Tyr, Athénée, Polybe, Cicéron, Fabius Quintilien, proclamer la musique comme la base de toute éducation morale.

« Ce n'est pas seulement pour notre agrément personnel, dit » Aristote (Rép. VIII, p. 346 c.), que la musique doit être cul- » tivée, mais pour l'utilité générale, je veux dire pour l'ins- » truction des masses et pour la purification des mœurs. »

« Anciennement, dit Athénée (Deipnos. p. 627), la musique » était un excitant à la vertu. »

« Faut-il s'étonner, dit Aristide Quintilien (p. 64), que les
» anciens aient obtenu tant de beaux résultats au moyen de la
» musique? C'est qu'ils avaient bien reconnu sa puissance et
» son efficacité naturelles. — Il n'est aucun enseignement, dit-il
» ailleurs (p. 73), qui ait une pareille puissance pour établir
» la discipline dans la cité, et pour l'y maintenir. »

Ailleurs encore (p. 66), le même auteur considère la musique
comme étant la médecine de l'âme. « A chaque maladie de
» l'âme, dit-il, la musique apporte un moyen de guérison
» approprié; il n'existe pas d'autre soulagement pour elle quand
» le trouble est porté à l'excès. »

Or, cette puissance de la musique sur la multitude n'est-elle
pas une simple conséquence de celle qu'elle exerce sur les indi-
vidus? Je ne finirais pas, si je voulais rappeler toutes les auto-
rités qui témoignent en faveur de ce second point de vue. Je me
bornerai à en citer deux, celui de Plutarque et celui de Cicéron.

Voici ce que dit Plutarque, aux ch. 41 et 42 de son livre *sur
la Musique* :

« Celui, dit-il, qui dès sa tendre jeunesse, s'étant adonné
» avec application à l'étude de la musique, en aura suffisam-
» ment approfondi les principes, celui-là saura goûter et hono-
» rer le beau [et le bon], et flétrir ce qui leur est opposé, non
» seulement en musique, mais en toutes autres choses. Il ne
» souillera pas sa vie par des actions indignes d'un honnête
» homme, et il recueillera de la musique ce fruit précieux, de
» devenir un homme utile à lui-même et à la patrie, ne se per-
» mettant, dans ses discours et sa conduite, rien qui blesse
» l'harmonie, et gardant toujours et partout les lois de la dé-
» cence, de la modestie et de la sagesse. — Or, que dans les
» gouvernements bien réglés, on ait apporté les soins les plus vigi-
» lants à conserver, au caractère de la musique, sa noblesse et
» sa pureté, c'est ce que l'on peut prouver par les témoignages
» les plus nombreux et les plus variés.....

» En vérité, la plus belle et la plus noble fonction de la mu-
» sique est de servir à exprimer nos sentiments de reconnais-

» sance envers les Dieux ; la seconde, qui ressort naturellement
» de la première, consiste à purifier l'âme, en y faisant régner
» la consonnance et l'harmonie. »

Voici maintenant le passage de Cicéron (Lois II, 15) : « Je
» suis, dit-il, de l'avis de Platon, que rien ne s'insinue aussi
» facilement dans les esprits encore tendres et faibles, que la
» variété des modes de la musique ; et il est impossible de dire
» jusqu'où va l'influence qu'ils peuvent avoir pour le bien ou
» pour le mal. Ils ont la puissance de ranimer la langueur, de
» modérer la fougue, de relever les esprits, de les apaiser ; et
» c'était un principe dans la plupart des villes de la Grèce,
» de conserver intacts les anciens chants. » — « Aussi, l'homme
» le plus sage de la Grèce, et de beaucoup le plus savant,
» montre-t-il combien il redoute une telle corruption ; car, les
» lois de la musique, dit-il, ne peuvent changer, sans que les
» lois publiques ne changent avec elles. » Platon avait dit
plus exactement que « *tout changement introduit dans les*
» *modes de la musique est une altération, et l'une des plus*
» *graves, que les mœurs publiques puissent subir* ».

Je voulais finir par là, Messieurs ; mais je ne puis résister à
la tentation de citer encore un passage d'Aristide Quintilien.
C'est l'épilogue de son élégant traité de musique que je vous
demande la permission de lui emprunter pour en faire celui
de ce discours.

« Cultivez donc, dit-il, enseignez dans toute sa perfection
» cette digne et fidèle compagne de la Philosophie, je veux dire
» la Musique ; rendez à chacune, en observant les rapports du
» petit au grand, l'honneur et la considération qui sont dus à
» leur divin caractère ; travaillez à resserrer leur alliance comme
» la plus légitime et la plus noble qui se puisse voir. En effet,
» si l'une est la fleur qui couronne toute science parvenue à
» l'état parfait, l'autre est la tige qui lui a donné les premiers
» sucs ; l'une conduit l'être à la perfection accomplie, en purgeant
» l'âme des éléments grossiers qu'y a introduits le hasard de la
» naissance, et la rappelant à la pureté de son origine, l'autre

» est une initiation, une inauguration propice, qui nous donne
» un avant-goût des fruits que la philosophie doit conduire à
» leur parfaite maturité. En un mot, la musique nous donne les
» prémices de toute science, la philosophie nous met en jouis-
» sance de toute leur plénitude. Et maintenant, parvenu à la fin
» de notre discours sur la musique, si nous avons réussi dans
» notre travail, rendons grâce au dieu qui régit le chœur des
» muses, de nous l'avoir inspiré, et de nous avoir permis de le
» conduire à bonne fin ; si nous avons laissé quelque chose à
» dire, ne soyez pas trop sévères : au moins la route est frayée,
» et ceux qui viendront après nous auront tout le loisir de
» compléter notre œuvre. »

Arras, Typographie d'Alphonse BRISSY.